D0124965

WITHDRAWN

Playing with Osito

Jugando con Baby Bear

by Lisa María Burgess

collages by Susan L. Roth

BARRANCA PRESS
Kids' books from here and there

Mount Laurel Library
100 Walt Whitman Avenue
Mount Laurel, NJ 08054-9539
856-234-7319
www.mountlaurellibrary.org

Text copyright © 2018 by Lisa Maria Burgess.
Collages copyright © 2018 by Susan L. Roth.

All rights reserved. This book may not be reproduced in whole or in part, by any means (with the exception of short quotes for the purpose of review), without permission of the publisher.

Spanish by Lisa María Burgess, with thanks to Liliana Arzate and Melissa Ochoa; Spanish edited by Luis Urías.

For information, address Barranca Press, Taos, New Mexico, USA via editor@barrancapress.com.
Cover collage and CUT font by Susan L Roth. Design by Dan Levine.

First Edition: March 08, 2018
HC ISBN: 9781939604-293
PB ISBN: 9781939604-286
Library of Congress Control Number: 2017916938

Subject Areas:
Bear; Imagination & Play; Southwest, New Mexico, Mexico; Bilingual English & Spanish.

Manufactured in the United States of America.

BARRANCA PRESS
Kids' books from here and there

For my Papacito,
who introduced me to the joys of honey and language

—LMB

For Sergio and Hazy, with affection

—SLR

It was the end of autumn. The sky was blue, so I went outside to play.

The air was cool. Some trees were already changing the colors of their leaves, but there were still flowers and green grass growing on the sides of the hills.

At the top of the mountain, I met a baby bear.

Osito also wanted to play, but he was cold.

He told me, "My fur is growing so slowly! Look at all these patches where there's no fur. How can I play when I have the *sh-sh-shivers* and *sh-sh-shakes*?"

Era el final del otoño. El cielo estaba azul, así que salí a jugar.

El aire estaba fresco. Algunos árboles estaban cambiando ya el color de sus hojas, pero todavía se veían algunas flores y pasto verde en las laderas de las colinas.

Arriba de la montaña, me encontré con un osito.

Baby Bear también quería jugar, pero tenía frío.

Me dijo, "¡Mi pelo está creciendo muy despacio! Mira todos estos huecos donde no tengo pelo. ¿Cómo podré jugar cuando estoy *te-te-temblando* y *ti-ti-ritando*?

What could we do?

Each time I think of bears,
I think of honey. We have
a jar full of honey at home.

I like to eat honey with peanut
butter, honey with yogurt, honey
with bananas, and honey with
tea. I like to eat honey with
everything.

And when I open that jar of
honey, my hands get…sticky.
And when I touch the table,
the table gets…sticky.
And when I open the door,
the doorknob gets …sticky.

Honey is VERY, VERY sticky.

¿Qué podríamos hacer?

Cada vez que pienso en osos,
también pienso en la miel. ¡Tenemos
un tarro lleno de miel en casa!.

A mí me gusta comer miel
con crema de cacahuate, miel con
yogur, miel con plátanos, y también
tomo el té con miel. A mí me gusta
comer miel con todo.

Pero cuando abro el tarro
de miel, mis manos se vuelven…
pegajosas.
Y cuando toco la mesa,
la mesa se vuelve… pegajosa.
Y cuando abro la puerta, la perilla
se vuelve…¡pegajosa!.

La miel es MUY, MUY
pegajosa.

I told Osito, "Wait for me!"

I ran home and got the jar of honey. I ran again to the top of the mountain, and covered Osito with that honey:

SCHLOP

schloooooooop

schluup!

His whole body was sticky!

Osito was very happy to be covered in honey. He licked his paws and said, "I like playing with you."

Le dije a Baby Bear, "¡Espérame!"

Corrí a la casa y tomé el tarro de miel. Regresé hasta arriba de la montaña y cubrí a Baby Bear con la miel:

GLOOP

gluuuuuuup

¡glup!

¡Todo su cuerpo estaba pegajoso!

Baby Bear estaba muy contento de estar cubierto de miel. Se lamió las patas y me dijo, "Me gusta jugar contigo."

"STOP!" I said. "Don't eat the honey!"

Osito said, "How can you tell a bear *not* to eat honey?"

"Wait!" I said, and I pushed Osito down the hill. He rolled in the flowers, and the flowers stuck to the honey and the honey stuck to Osito. All of his body was covered with flowers.

"Why did you push me?" asked Osito.

"How do you feel?" I asked.

"Hey, I feel warm wearing these flowers!" said Osito. "I stopped shivering."

"Great," I said. "Let's play."

"¡DETENTE!", le dije. "¡No te comas la miel!"

Baby Bear me dijo, "¿Cómo le puedes decir a un oso que *no* coma miel?"

"¡Espera!," le indiqué; y empujé a Baby Bear hacia abajo de la ladera. Rodó entre las flores, y las flores se pegaron a la miel, y la miel se pegó a Baby Bear: Todo su cuerpo estaba cubierto de flores.

"¿Por qué me empujaste?" preguntó Osito.

"¿Cómo te sientes?" le pregunté.

"¡Oye, me siento calientito vestido con estas flores!", dijo Osito. "Dejé de temblar."

"Qué bueno," le comenté. "Vamos a jugar."

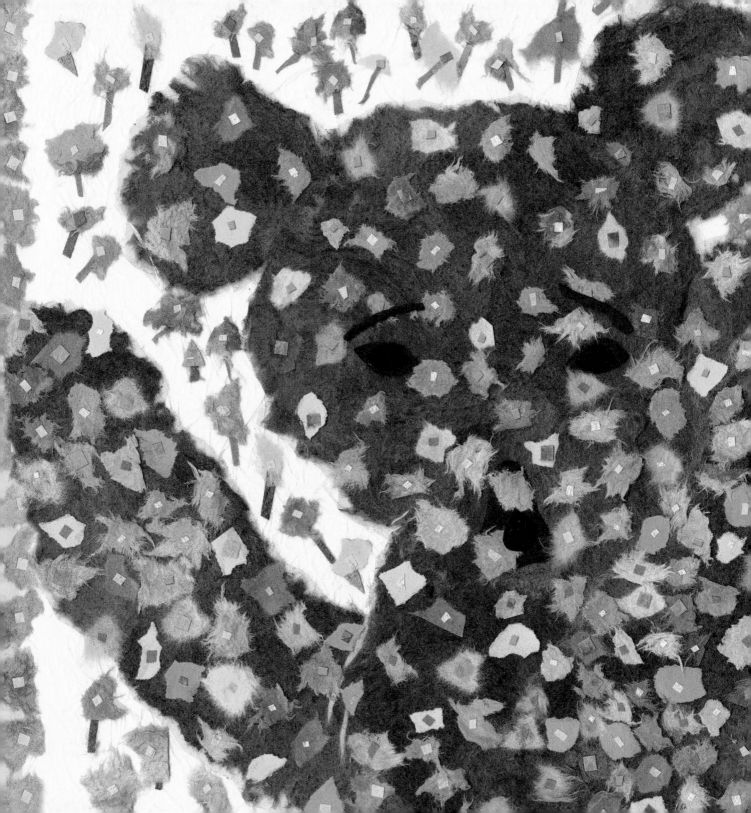

BZZZZZ

BZZZ

BZZ

BBBZZ

BBZZZZZZ

BBZZZZZ

Bees like flowers, and flowers like bees. But bears do not like buzzing bees.

A las abejas les gustan las flores, y a las flores les gustan las abejas. Pero a los osos no les gustan las abejas que están zumbando.

Osito heard those bees buzzing, Osito saw those bees flying, and Osito ran. He ran and ran and ran. He jumped in the creek and ducked under the water. Finally the bees went away.

But the flowers also went away. They floated away in the water.

Osito sat up in the water and splashed. He said, "What should we do now?"

"I don't know," I said. "I don't know."

Baby Bear escuchó a las abejas zumbando, las vio volando a su alrededor. ¡Y Baby Bear salió corriendo!. Corrió y corrió hasta saltar en el arroyo y sumergirse en el agua. Finalmente las abejas se fueron.

Pero las flores también se fueron. Se alejaron flotando en el agua.

Baby Bear se levantó y se agitó, sacudiéndose el agua. Me preguntó, "¿Qué hacemos ahora?"

"No sé," le dije. "No sé."

Osito got out of the creek.
"Don't be sad," he said.
"Breathe, think, and try again."

We walked back up the
mountain.

Osito sat on the grass, drying
his fur in the sun.

"I like playing with you," he said,
"but I'm still *sh-sh-shivering*."

I said, "Let's try again." I
covered Osito with more of
that **sticky** honey.

And then . . . .

Baby Bear salió del arroyo.
"No te pongas triste," me
dijo. "Mejor respira, piensa, y
entonces inténtalo otra vez."

Caminamos de vuelta a la
montaña.

Baby Bear se sentó en el zacate,
secando su pelo al sol.

"Me gusta jugar contigo," me
dijo, "pero todavía estoy *te-
temblando*."

Yo le propuse, "Vamos a
intentarlo de nuevo." Lo
volví a cubrir con más miel
pegajoso.

Y entonces . . . .

I rolled Osito in the grass. The grass stuck to the honey and the honey stuck to Osito.

He looked very handsome dressed in green. He was nice and warm. He stopped shivering.

He twirled and grass flew in the air.

"Let's play," he said.

I knew that bees don't like grass.

But there are others who do like grass . . . .

Hice rodar a Baby Bear en el zacate. El pasto se pegó a la miel, y la miel se pegó a Baby Bear.

Se veía muy bonito vestido de color verde. Se sintió contento y calientito, y dejó de tiritar.

Baby Bear se dio unas vueltas y algunas hojas de zacate salieron volando por los aires.

"Vamos a jugar," me dijo.

Yo sabía que a las abejas no les gusta el zacate.

Pero hay otros, a los que sí les gusta el zacate . . . .

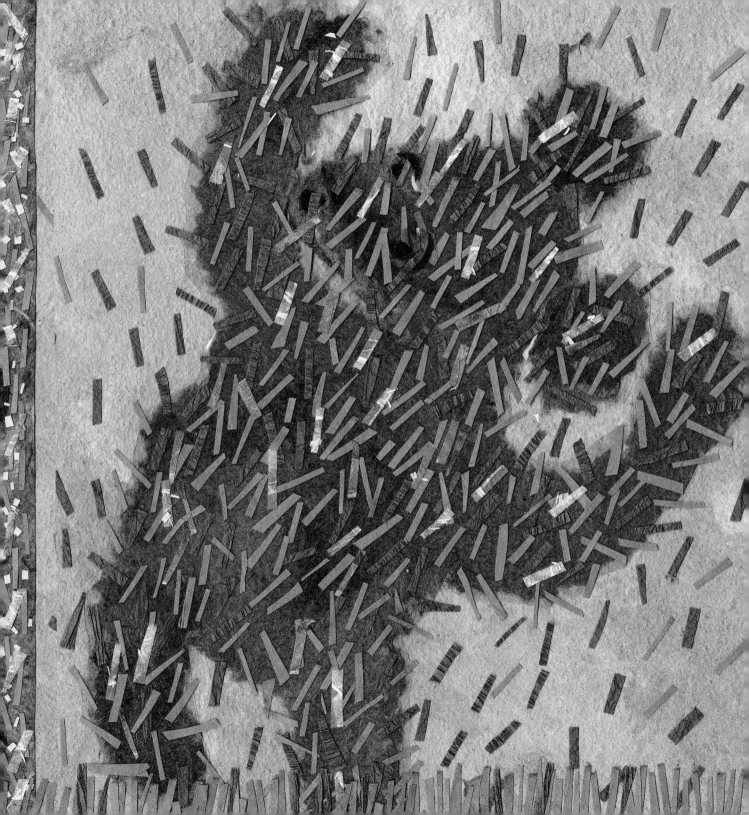

Meh-eh-eh! ¡Be-e-eee!

A goat came from the other side of the mountain.

Goats like to EAT grass.

Un chivo apareció del otro lado de la montaña.

A las cabras sí les gusta COMER zacate.

CHOMP!
CHOMP!
CHOMP!

The goat started to eat the grass that covered Osito. He liked the taste of grass with honey!

"Go away!" Osito shouted at the goat. "Go away!" I shouted. But he ate and ate and ate, until he took a bite of fur.

"Ouch!" said Osito.

"Bleh!" said the goat, and went away, looking for a bush to eat.

¡CHOMP!
¡CHOMP!
¡CHOMP!

El chivo empezó a comer el zacate que cubría a Baby Bear. ¡Le gustó el sabor del zacate con miel!

"¡Vete de aquí!" le gritó Baby Bear a la cabra. "¡Vete de aquí!", le grité yo también. Pero él comía y comía y comía, hasta que mordió un pedacito de su pelo.

"¡Ay!", exclamó Baby Bear.

"¡Qué asco!" dijo el chivo, y se fue, buscando un arbusto para comer.

Osito blew a piece of grass off his paw. "What fun!" he said.

But then Osito shivered.

"Don't worry," I said. "I know: Breathe, think, and try again."

Osito said, "There is a bit of honey left in the jar."

So I covered Osito with that **sticky** honey again.

And then . . . .

Soplando, Baby Bear lanzó al aire una hoja de zacate que tenía en su pata. "¡Qué divertido!", comentó muy contento.

Pero entonces Baby Bear comenzó a tiritar de nuevo.

"No te preocupes," le dije. "Ya sé: Respira, piensa, y luego inténtalo otra vez."

Baby Bear dijo, "Todavía queda un poquito más de miel en el tarro."

Así que otra vez cubrí a Baby Bear con la miel **pegajosa**.

Y entonces . . . .

Osito threw himself in some leaves. Soon he was covered with leaves of all colors. He then lay on top of the pile. I could only see his eyes, looking up at the sky.

Once again, Osito was nice and warm! He stopped shivering.

I knew that bees and goats don't like old, dry leaves.

"Let's play," I said.

But someone else likes a big pile of leaves . . . .

Baby Bear se revolcó sobre unas hojas. Pronto estuvo cubierto con hojas de muchos colores. Se acostó entonces encima del montón. Yo sólo podía ver sus ojos, mirando al cielo.

Dejó de tiritar. ¡Otra vez, Baby Bear se sentía contento y calientito!

Yo sabía que a las abejas y a los chivos no les gustan las hojas viejas y secas.

"Vamos a jugar," le dije.

Pero hay alguien más a quién sí le gusta ver un montón de hojas . . . .

A squirrel with an acorn!

The squirrel started digging in Osito's leaves, looking for a place to hide its acorn. The squirrel's paws tickled. Osito giggled and squirmed and wriggled. The leaves fell off, and the squirrel ran away!

So I jumped in the leaves with Osito, but Osito did not want to play.

"I've got the *sh-sh-shivers* and *sh-sh-shakes* again," said Osito. "It's time to go home."

I said, "I'm sorry that we couldn't make a coat that keeps you warm."

"It's okay," said Osito. "Let's try again tomorrow!"

¡A una ardilla con una bellota!

La ardilla empezó a escarbar en las hojas de Baby Bear, buscando un lugar para guardar su bellota. Sus patas le dieron cosquillas a Baby Bear, y él soltó unas risitas, se retorció y se meneó. ¡Las hojas se cayeron, y la ardilla salió huyendo!

Entonces yo salté sobre las hojas junto a Baby Bear, pero él no quería jugar.

"Estoy *te-te-temblando* y *ti-ti-ri tando* de nuevo," me dijo. "Es hora de irnos a casa."

Yo le dije, "Qué pena que no pudimos hacerte un abrigo que te mantenga calientito."

"No importa," dijo Baby Bear. "¡Lo intentaremos otra vez mañana!".

Suddenly, during the night, winter arrived.

I was warm and cozy in my bed, and Osito was warm and cozy in his bed.

But outside, winter had arrived. There, in the dark sky, the stars danced with the snowflakes.

De pronto, durante la noche, el invierno llegó.

Yo estuve calientita en mi cama, y Baby Bear estaba calientito en su cama.

Pero afuera, el invierno había llegado. En el cielo oscuro, las estrellas bailaban con los copos de nieve.

In the morning, I stood at the window and looked at the snow. I thought about playing with Osito.

I had a new snowsuit perfect for playing in the snow. But what about Osito? How would we play together if he got the *sh-sh-shivers* and *sh-sh-shakes*?

The honey jar was empty. What could we do? I took a deep breath. Suddenly I had an idea.

"I will give my new snowsuit to Osito!"

So I put on my old snowsuit and walked up the mountain, carrying my new snowsuit in my arms.

En la mañana, parada frente a la ventana, miré la nieve. Pensé en jugar con Baby Bear.

Yo tenía un traje de invierno nuevo, perfecto para jugar en la nieve. Pero ¿y Baby Bear? ¿Cómo podremos jugar juntos si él estará *te-te-temblando* y *ti-ti-ritando*?

El tarro de miel estaba vacío. ¿Qué podríamos hacer? Respiré profundamente. De pronto, tuve una idea.

"¡Yo le doy mi nuevo traje para la nieve a Baby Bear!"

Así que me puse mi viejo traje para la nieve y caminé subiendo la montaña, llevando el traje nuevo en mis brazos.

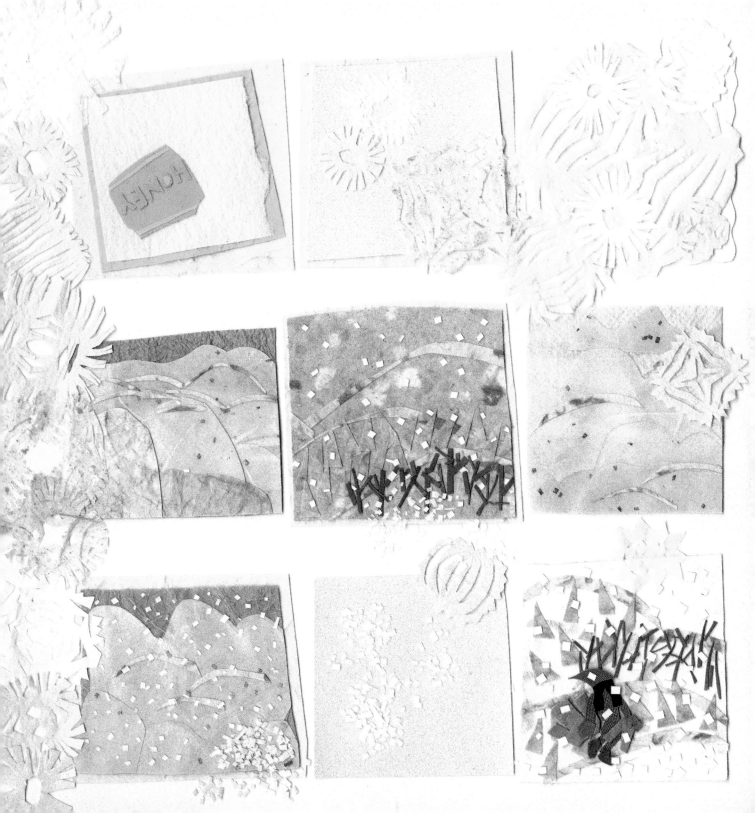

Walking towards me in the snow, I saw him. There was Osito!

He looked furrier than the day before.

"I brought a snowsuit for you," I said, "but…."

I stared at his thick, furry coat.

"Don't look so surprised," said Osito. "My patchy fur finally grew thick. Now I just need a friend!"

"Here I am!" I said.

And so we played and played and played.

Caminando hacia mí en la nieve, lo vi. ¡Allí estaba Baby Bear!

Parecía más lleno de pelo que el día anterior.

"Quería darte un traje para la nieve," le dije. "Pero…."

Me quedé mirando su pelaje grueso y brillante.

"No estés tan sorprendida," dijo Baby Bear. "Finalmente, mi pelo creció. ¡Ahora ya solo necesito una amiga!"

"¡Aquí estoy!" le dije.

Así que jugamos y jugamos y jugamos.

Did you know?

Bears

Where can I find a North American Black Bear? They live in the mountains of Canada, the USA, and Mexico.

Are they an endangered species? Yes. In Mexico, there are very few left.

Are they always black? No! Their fur can be black, brown, cinnamon, or beige.

What do Black Bears eat? They eat fish, berries, insects, larvae, roots and honey.

Are Black Bears born with fur? They are born with very little fur. As they get older, they grow thick fur.

Who are some famous Black Bears? Smokey Bear, Teddy Bear, and Winnie the Pooh were all famous Black Bears.

Bees

Why are bees important? As they fly from flower to flower, gathering nectar, they pollinate the flowers and the flowers make fruit. We also like to eat their honey and to use their wax for candles, creams, and molds for making jewelry.

Are they an endangered species? Yes. They are disappearing all over the world as a result of agricultural use of insecticides.

Goats

What do goats eat? They eat the leaves of shrubs. Grass is actually their second choice.

Why do people like goats so much? We like to make cheese from their milk and to use their hair to make blankets. Some people also like to eat their meat. We use their droppings to fertilize fields of maize.

Lupine and Paintbrush

Where do these flowers grow? Lupines grow all over the world, but Paintbrush only grow in western North America. They flower after the rains, from August to October.

Can we eat these flowers? We can eat the seeds of the lupines and the flowers of the paintbrush, but only in small quantities.

Oak Trees and Ponderosa Pines

Where do Ponderosa Pines grow? They grow on the western side of North America: in Canada, the USA and Mexico

Where do Oak Trees grow? All over. Some like to grow with pines in the mountains.

Can you eat a tree? People toast and eat pine nuts and the acorns of certain oaks. Bears and squirrels also like to eat acorns.

Squirrels

How do squirrels find their nuts after it snows? They can smell the nuts under the snow and dig a tunnel to the nuts.

What happens when squirrels forget where they buried their nuts? The buried nuts grow into trees. Yeah!

Do you want more information?

American Bear Association.

American Forests Organization.

A Field Guide to the Wildflowers of Mexico's Copper Canyon Region by Linda J. Ford (2009).

The New Mexico State University College of ACES for *Pocket Guide to the Native Bees of New Mexico* and the Indian Paintbrush page.

¿Sabes qué?

Los osos

¿En dónde puedo encontrar a los osos negros de Norte América? Viven en las montañas de Canadá, los Estados Unidos y México.

¿Es un especie en peligro de extinción? Sí, en México quedan muy pocos.

¿Son todos negros? No, su pelo puede ser de color negro, marrón, canela, o beige.

¿Qué comen los osos negros? Comen pescado, frambuesas, moras, insectos, larvas, raíces y miel.

¿Los osos nacen con todo su pelo? Cuando nacen tienen poco pelo. Y su pelo se vuelve grueso cuando van creciendo.

¿Quiénes han sido osos famosos? Smokey Bear, Teddy Bear, y Winnie the Pooh fueron osos negros famosos.

Las abejas

¿Por qué las abejas son tan importantes? Las abejas vuelan de flor en flor para juntar el néctar de las flores y así las polinizan para que produzcan frutas y semillas y se puedan reproducir. También comemos su miel y usamos la cera para producir velas, cremas, y moldes para hacer joyas.

¿Están en peligro de extinción? Sí, están desapareciendo en todo el mundo, por el uso de insecticidas en la agricultura.

Las cabras o chivas

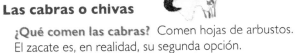

¿Qué comen las cabras? Comen hojas de arbustos. El zacate es, en realidad, su segunda opción.

¿Por qué a la gente le gustan mucho las cabras? Porque podemos hacer queso de su leche y cobijas de su pelo. A algunas personas también les gusta comer su carne. Su excremento se usa para fertilizar los campos de maíz.

Altramuces y Castillejas

¿En dónde crecen estas flores? Los Altramuces crecen en todo el mundo, pero las Castillejas solo crecen en el Oeste de Norte América. Florecen después de las lluvias, de agosto a octubre.

¿Podemos comer estas flores? Podemos comer las semillas de los Altramuces y las flores de las Castillejas, pero solamente en cantidades pequeñas, pues nos pueden hacer daño.

Robles y pinos de Ponderosa

¿En dónde crecen los pinos Ponderosa? Crecen en el Oeste de Norte América: en Canadá, los Estados Unidos y México.

¿En dónde crecen los robles? En todas partes; algunos crecen junto con los pinos en las montañas.

¿Se pueden comer los árboles? Hay personas que tuestan las bellotas y los piñones para comerlos A los osos y a las ardillas también les gusta comer bellotas.

Las ardillas

¿Cómo encuentran las ardillas las bellotas después del invierno? Las ardillas pueden oler las bellotas debajo de la nieve y escarbar túneles para encontrarlas.

¿Qué pasa cuando las ardillas olvidan donde enterraron sus bellotas? ¡Las bellotas se convierten en árboles! ¡Qué bueno!

Who made this book possible?

Author

Lisa María Burgess grew up in the Sierra Madre of north-western Mexico. She originally wrote this story with her father, Don Burgess, when she was a little girl. Over the years, they both retold the story over and over again. Lisa María is the author of *Juma and Little Sungura*, *Juma on Safari*, *Juma Cooks Chapati*, and *Juma's Dhow Race* about a little boy in Tanzania.

Collage Artist

Susan L. Roth, a *New York Times* best-selling author, has written/illustrated more than 50 books for children. Her awards include: The Robert F. Sibert Medal for Nonfiction; NYT Best Illustrated Book; Boston Globe-Horn Book Award; Children's Africana Book Award, Africana Access; Arab American Book Award; Green Earth Book Award; and Jane Addams Children's Book Award.

¿Quién hizo posible este libro?

Autora

Lisa María Burgess creció en la Sierra Madre del Noroeste de México. Originalmente escribió esta historia con su padre, Don Burgess, cuando era niña. Con los años, ambos volvieron a contar la historia una y otra vez. Lisa María autora de *Juma and Little Sungura*, *Juma on Safari*, *Juma Cooks Chapati*, y *Juma's Dhow Race* sobre un niño en Tanzania.

Ilustradora

Susan L. Roth es una de las artistas y autoras del *New York Times* con más ventas. Ha escrito e ilustrado más de 50 libros. Sus premios incluyen: El Robert F. Sibert Medal for Nonfiction; NYT Best Illustrated Book; Boston Globe-Horn Book Award; Children's Africana Book Award, Africana Access; Arab American Book Award; Green Earth Book Award; y el Jane Addams Children's Book Award.

BARRANCA PRESS
Kids' books from here and there

¡See You Later, Amigo!
an American border tale
by Peter Laufer
collages by Susan L. Roth

Could you live like a Tarahumara?
¿Podrías vivir como un tarahumara?

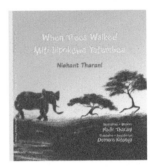

When Trees Walked
Miti Ilipokuwa Yatembea
Nishant Tharani

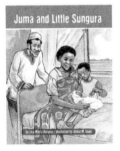

Juma and Little Sungura

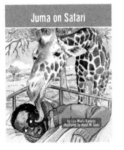

Juma on Safari

Juma Cooks Chapati

Juma's Dhow Race

Mount Laurel Library
100 Walt Whitman Avenue
Mount Laurel, NJ 08054-9539
856-234-7319
www.mountlaurellibrary.org

Introducing Spanglish:
¡See You Later, Amigo! an American border tale by Peter Laufer with collages by Susan L. Roth

Bilingual English and Spanish:
Could you live like a Tarahumara?
¿Podrías vivir como un Tarahumara? by Don Burgess with photographs by Bob Schalkwijk and Don Burgess

Introducing Swahili:
Juma and Little Sungura
Juma on Safari
Juma Cooks Chapati
Juma's Dhow Race by Lisa María Burgess with illustrations by Abdul M. Gugu

Bilingual English and Swahili:
When Trees Walked | Miti Ilipokuwa Yatembea by Nishant Tharani with illustrations by Nadir Tharani

CPSIA information can be obtained
at www.ICGtesting.com
Printed in the USA
LVOW05*1419210118
563419LV00021B/197/P